# L'ICARE SICILIEN.

OV

# LA CHEVTE DE MAZARIN,

AVEC SA METAMORPHOSE,

*EN VERS BVRLESQVES:*

*Où le Lecteur reconnoiſtra l'obligation que nous auons au defunct Cardinal de Richelieu, de nous auoir procuré vn ſi bon Miniſtre.*



A PARIS.

M. DC. LII.

# L'ICARE SICILIEN, OV LA CHEVTE de Mazarin auec sa Metamorphose.

IE ne sçay pas si i'ay raison
De faire la comparaison
Du sieur Mazarin & d'Icare,
Neantmoins ie croy qu'elle quarre;
Et il s'en trouue en Prose & Vers
Qui cheminent plus de trauers.
Icare estoit auec son Pere
En Crete, & faisoit maigre chere;
Vn certain Cornard qui regnoit
Dans cette Isle les retenoit,
Malgré leurs dents, comme l'Histoire
Tasche de nous le faire croire;
Il auoit iuré par Phœbus,
Serment qui n'estoit point abus,
Car il venoit en ligne droite
De cette diuine brayette,
Qu'il n'appelloit point vainement.
Il auoit, dis-je, fait serment,
De tirer cruelle vengeance
De cette tant insigne offence,
Que luy fit Dedale autresfois
Auecques sa Vache de bois:
Et sans l'inuention subtile
De ce bon homme assez habile,
Par Iupiter ie ne croy pas
Qu'ils n'y eussent passé le pas.
Les Mazarins tant fils que pere,
L'on ne parle point de la mere,

Elle estoit desia ad patres,
En Sicile faisoient flores;
Les plus rafinez de cette Isle
Ne cognoissoient rien dans leur stile,
En fait de voler & piller,
Ils sçauoient l'art de gouspiller
Mieux que tous les hommes du monde,
Leur excroque estoit sans seconde,
Et estoit arriuée au point
Que d'égale elle n'auoit point.
Tout le peuple de la Sicile,
Aussi bien des Champs que de Ville,
Vn iour fit sa plainte de quoy,
Quand ils disoient Ham, c'est pour moy;
Ils entrosloient à toute vire,
Ou froid ou chaud, cuit ou à cuire,
Bref ils s'accommodoient de tout,
Quoy disoit-on, cela nous f......
Ma foy, il faut ribon ribaine,
Qu'ils dansent la Camelotaine,
Nous n'en souffrirons pas vn brin,
Il faut crier au Mazarin;
C'a, ça, ça, que ces allobroges
Fassent vistes Iacques des loges,
Au cas qu'ils en fassent refus,
Courons leur tous hardiment sus,
Et crions sans aucune Requeste,
Haro sur eux & sur leur beste.
Le bon Dedale, à qui Minos
Faisoit faire Custodinos,
Et à son fils dans le Dedale,
Qu'auoit mesme inuenté Dedale,
Ne sçauoit sur quel pied dancer;
Il auoit sans rien auancer,

Espuisé

Espuisé sa pauure caboche,
Mais tousiours quelque hanicroche
Prenoit ses desseins au colet,
Le cheual qu'auoit Pacolet
Eust bien seruy à cette affaire,
Mais nargue pour l'Apoticaire,
S'il n'eust point sçeu d'autre moyen,
Pour luy & pour le fils sien,
Helas ils y seroient encore!
Ie ne dis pas au petit More,
Au petit More à Vaugirard,
A manger des nauets au lard;
Ie dis dedans le labirinte,
Où les plus preux mouroient de crainte,
Au seul bruit du Minotaurus,
Qui croquoit les hommes tous crus,
Sans excepter personne aucune,
M'appellés vous cela des prunes;
Il y seroit, ou tout au moins,
Si l'on s'en rapporte aux tesmoins,
Il y eut attendu la Parque,
Car ce beau Iannin de Monarque
Auoit chaussé dans son cerueau,
Qu'il y mourroit auec son veau,
Ou homme veau, ie m'en raporte,
Lequel vous voudrés, il n'importe:
Mais malgré sa peine & son soing,
Dedale dedans le besoing,
S'aduisa d'vne bonne ruze,
Qui fit voir qu'il n'estoit pas buze:
Voyant que raillerie à part
Il ne chiroit point autre part,
Que dans les lieux du labirinte,
S'il n'executoit vne quinte,

Dont autre que ce fin rusé
Ne se fut iamais auisé;
Il faut dit-il que ie m'enuole,
Voyés s'il n'estoit pas bien drosle,
Mais de la façon qu'il le dist,
De la mesme sorte il le fist:
Ie pisse en mes chausses de rire,
Quand le peuple qu'il fit de cire
Les aisles auec quoy il vola,
Pour tirer ses Gregues delà,
C'estoient des aisles si gentilles
Que rien plus: Morbleu que nos filles
Ie cheuiroient bien de cela,
Quand elles vont par cy par là,
A trauers les pois & les febves,
Taster si les bois sont en seue;
Oüy cela leur espargneroit
Maint bord de cotte, & on verroit
Mainte dondon quicourt, qui trotte
Parmy les bourbiers & les crotte,
Et s'eschauffe l'entresaison
S'en sauuer de cette façon.
Si quelqu'vn en tenoit boutique
Il auroit bien de la pratique;
Maints solliciteurs de procez,
Gens qui se crottent à l'excez,
Maintes gens qui portent galoche,
Ceux-là mesme qu'on tire en coche,
Maintes & maints Clercs gratte papiers,
Maints Escoliers portant cayers,
Maintes gens venans de Gascogne
Luy tailleroient de la besogne,
Car ces Gascons qu'on voit botter,
Ne se meslent point de trotter

Autrement qu'à beau pied ſans lance,
Et ſi quelqu'vn d'entr'eux s'aduance
De monter vn iour à cheual,
C'eſt ſur vn aſne au Carnaual;
Mais foüin ie ſens que ie m'eſgare,
I'ay preſque perdu mon Icare,
Non, non, il ſe retrouuera,
Ou bien le grand Diable y ſera,
Car il n'auoit point encore d'aiſles,
Quand j'ay parlé de nos donzelles:
Il falloit neceſſairement
Que ie diſt mon ſentiment
Sur cette petite matiere,
Bien ou mal il ne m'en chaut guere,
Ie le voulois, c'eſt aſſez dit,
Vn aſne n'eſt point interdit
De boire eſtant à la fontaine,
Et d'en prendre à perte d'haleine;
I'en diray à tort & à droict,
Car ie ſçay bien qu'au meſme endroit
Où j'ay laiſſé ce perſonnage,
Ie le trouueray & j'en gage,
Groteſquement emplumaillé.
Dedale ayant bien trauaillé
A ſe faire chacun deux aiſles
En ficha deux ſous ſes ayſelles,
Les deux autres ſon fils les prit,
Deſſus ſes eſpaulles les mit,
Et les cola de cire jaune;
Son papa luy fiſt vn grand profne,
Et luy dit, ne ſois pas ſi fol
Que de t'aller rompre le col;
Encore vn coup dit-il eſcoutes,
Prens bien garde par quelle routes

Tu fais dessein de t'envoler,
Lors que tu seras parmy l'air,
Tu feras fort bien de me croire
Si tu n'és resolu de boire;
Ne prens ny trop bas ny trop haut
L'vn est trop froid l'autre est trop chaud;
Vers ce bas il souffle vne bise
Qui pourroit bien estre assez grise
Pour endurcir tes instrumens
Et les rendre sans mouuemens;
Aussi si vers le haut tu tire
C'est fait de tes aisles de cire.
Le Soleil sans beaucoup d'effors
Te mettra bien-tost haut le corps;
C'est par le milieu qu'on enfourne,
Point de ce lieu ne te destourne,
Suis-le tousiours de point en point
Et de mal tu n'en auras point;
Icare ayant oüy Dedale,
Prisa son discours comme bale,
Et s'il l'eust tenu par escrit
Il s'en fust torché le conduit
Par où il rendoit ses clistaires,
Ils ne firent pas grands mysteres
Pour prendre le chemin de l'air,
Comme vn Choucas qui veut voler,
Bransle le Ciel & le taucousse,
S'efforce & fait quelque secousse
Pour se rendre vn peu plus leger;
Eux estant prests de déloger,
Battirent leurs flancs de leurs ailes,
Remuerent bras & aissellés,
Aidez de la force du vent,
Et au Diable apres mon argent;

Qui

Qui iamais a veu quelques gruës
Fendre les ais iuſques aux nuës,
Ce qui ſe fait aſſez ſouuent
Quand on crie derriere-deuant,
Il a veu comme nos deux droſles
Galopoient entre les deux poles ;
Dedale qui eſtoit adroit
Ne marqua point à filer droit,
Mais Icare fiſt le folaſtre,
Auſſi fiſt il la bonne emplaſtre,
Pour s'eſtre raillé ſans raiſon
Des aduis de ce bon griſon,
De belle heure la culebutte,
Se voyant plus haut que la butte
Ou d'Ethna ou de Cauſaſus,
Il s'écria, ah bon Ieſus !
Ou ſuis-je monté ſans eſchelle,
Vrayement on me la baille belle
De m'auoir fait grimper ſi haut,
N'importe allons puis qu'il le faut,
Et d'vne hardieſſe aſſeurée
Gaignons cette pleine azurée,
Ie ne vis iamais rien ſi beau ;
Et touſiours Maiſtre Iean le Veau,
Ce Maiſtre ſot, ce ridicule
Monta deuers la Canicule,
Et n'aperçeut point qu'il fit chaud
Que quand il fut iuſques au haut ;
Mais il n'eſtoit plus temps de rire,
Ses engins gorneaux faits de cire
Commencerent à ſe laſcher,
Vainement il voulut taſcher
De donner ce braſle à ſes aiſles,
Ie t'en caſſe c'eſtoit fait d'elles ;

Tout estoit fondu au Soleil;
Iamais on ne vit sans pareil,
S'il eût eu des calebasses,
Ou bien d'assez longues eschasses,
Peut-estre il se fut eschappé;
Mais ma foy il fut attrappé,
Pensant prendre des deux la Lune
Il glissa de malefortune,
Et fist vn dangereux faux pas,
Et puis voila mon bougre à bas,
Au milieu de la mer salée;
Vray est que s'il l'eust aualée
Sans rien laisser mort il n'en fut,
Mais tout boire il ne la pût,
Seulement on dit en memoire
De luy, & l'eau qu'il n'a peû boire,
*Icarius Icarias*
*Nominibus fecit aquas.*
Si cette cheute fut affreuse,
Celle-cy n'est pas moins fascheuse,
Elle doit estre si elle n'est,
C'est Mazarin qui est tout prest,
Vn seul moment de patience,
Il se prepare à cette dance,
On l'habille pour ce balet,
Il ne tient plus qu'à vn filet,
Encore est-il pourry de cuire,
Ie sçay que cela fera rire
Quelque peu Messieurs de Paris,
On dit qu'ils ayment bien ce ris,
Qu'ils en sont frians comme chatte
Est de poisson, mais qui s'apatte,
Ne veut mouïller aucunement
Pour l'oster de son element

Ils font assez de tintamarres,
Mais ce n'est que joüer aux barres;
Ils font du bruit à la maison,
Mais sans conduite & sans raison;
Ils tirent le monde à leur porte,
Que le grand Diable les emporte,
C'est bien ainsi que l'on le prend;
Non ce n'est point d'eux que despend
L'effroyable saut de cet homme.
Tout de mesme, ou tout ainsi comme
Minos ne pût venir à bout,
Quoy que dans son Isle il peut tout,
D'vn mal-heureux qu'à sa colere
Il destinoit comme son pere,
Il ne pût, dis-je, neantmoins
Du lieu qu'on soupçonnoit le moins
Esclatta le coup de sa perte;
Ce pauure Icare à teste verte,
Traisna luy mesme son mal-heur
Volant trop haut; Nostre voleur
En fera tout vn & de mesme,
Car Mars n'est iamais sans Caresme:
Mais suiuons la comparaison,
Et vous verrez si i'ay raison.
    Nous auons laissé en Sicile
Mazarin qui troussoit ses quilles
Plus viste vn peu qu'il n'eust voulu,
Car l'on auoit bien resolu
D'escraser le fils & le pere
S'ils ne l'eussent pas voulu faire;
Voyans qu'on les pressoit si fort,
Ils furent contrains tout d'abord
De faire Flandre en diligence,
Le fils qui auoit la prudence,

Ie ne dis pas d'homme de bien,
Ie dis prudence de vaurien;
Prudence pour chose mauuaise,
Pour s'en aller plus à leur aise,
Fut d'aduis qu'il falloit voler,
Son pere voulut controller
Cette entreprise temeraire,
Non, non, dit-il, laissez moy faire,
Ie sçay bien en venir à bout,
Reposez-vous sur moy de tout;
Ie feray comme Icare en Crete,
Mais ie ne seray pas si beste
De prendre les aisles qu'il prit,
De peur de faire ce qu'il fit;
I'en feray d'vne autre matiere,
Que la chaleur tant soit-elle fiere,
Ne dissoudra aucunement;
C'est d'or; Ie sçay fort bien comment
L'on emmanche cette machine,
Nous en auons grace diuine,
Grace diuine, le coquin,
Dieu n'assiste point vn faquin,
S'il a de l'or dedans son coffre,
Il l'a acquis en liffre loffre,
Gasconnant à tort & à droit,
Et Dieu l'aide, fol qui le croit:
Quoy qu'il en soit ils en trouuerent,
De sorte qu'ils s'acheminerent,
Mais iamais droit tout de trauers,
Tousiours biaisant dans les airs,
Et mettant à l'abry leurs testes
Des tourbillons & des tempestes,
Quand ils furent en seureté
Chacun vola de son costé,

Le

Le vieil Mazarin teste grise
Prist sa route deuers Venise,
Où il est encore à present,
L'autre qui estoit moins pesant,
Et à qui touche ma satyre,
Gagea Rome tout d'vne tire;
Quand à Rome il fut arriué
Il voloit en homme priué,
D'abord il ne s'esleua guere,
Il fut seulement Secretaire
D'vn Cardinal dit Sagetti,
Mais ie pense que i'ay menti,
Et qu'il y conuient à parestre
Vn chetif petit porte lettre,
Mestier où il ne laissoit pas
De voler, mais tenant le bas;
D'asseurer que ce fut la Charge
Qu'il eut d'abord, ie ne m'en charge,
Mais ie sçay bien, comme i'ay dit,
Que ce fut le premier credit,
Par où s'est esleué cet homme,
Que d'estre Secretaire à Rome;
Quand Secretaire il eust esté
Pendant vn certain iour d'Esté
Que le Ciel estoit sans nuage,
Il vola plus haut d'vn estage,
Le Pape en fit son Messager
Pour galopper chez l'Estranger,
Par quel moyen, pour quelle cause?
Chacun diuersement en cause;
Mais la vraye est qu'vn Barberin,
Lequel on dit que Mazarin
Dans ce temps-là portoit en croupe
Quand il auoit le vent en poupe,

Barberin qui Cardinal eſt
Porta ſi fort ſon intereſt
Que connoiſtre il le fit au Pape,
Mazarin qui vole & qui happe,
Ayant volé en ſi haut lieu,
Meſnagea comme il plût à Dieu
Vn ſi ſignalé auantage:
Il y fit ſi bien ſon meſnage,
Qu'au Vatican on reſolut
Qu'il voleroit pour le ſalut
Des ames de tous les fidelles;
Cela luy renforça les aiſles,
Et le miſt en vn tel eſtat
Qu'il voloit en homme d'Eſtat;
Eſtant pourueu de cét Office,
Il fut touſiours en exercice
Tantoſt deçà, tantoſt delà,
Tantoſt pour mettre le hola
Entre ceux qui ſe vouloient mordre,
Tantoſt pour calmer vn deſordre,
Selon qu'on jugeoit à propos
Il n'eſtoit alaigre & diſpos;
Apres auoir veu l'Allemagne,
On le fiſt aller en Eſpagne,
Ou quelques-vns diſent de luy,
Qu'il ne vola rien que pour luy,
Ce qui miſt vn peu en colere,
Et l'Eſpagnol & le Sainct Pere,
Qui lors luy en fit le bien,
Mais à la fin ce ne fut rien:
Apres quelques mois s'écoulerent,
Nouuelles à Rome arriuerent,
Que vers la ville de Caſal,
Pour vn qu'on dit eſtre Vaſſal

Du Roy de France & de Nauarre,
L'on alloit voir vn beau bagare;
Mazarin y fut deputé
Par ordre de sa Saincteté;
Des trouppes faisoient caracolles
Tant Françoises comme Espagnoles
En dessein de se bien frotter,
Lors que l'on l'apperçeut trotter,
Tenant dans sa main vne Oliue,
Il s'écria d'abord, Qui viue,
Vn chacun respondant pour soy,
Luy respondit, Viue son Roy;
Les deux Roys de France & d'Espagne
Qui disputoient cette campagne
S'échauffoient dedans leur harnois,
Et l'on voyoit à leur minois
Qu'on auroit peine à les resoudre
A se quitter sans en descoudre.
Le sieur Mazarin qui voloit
Vers l'vn & l'autre, & bricoloit
Faisoit voir dedans ce rencontre
Qu'il ne tenoit ny pour ny contre;
Apres auoir beaucoup volé
Vers l'vn & l'autre & bricolé,
Il leur parla de cette sorte,
Ie veux que le diable m'emporte
Il juroit comme vn Bourguignon
Tenant la main sur le roignon,
Mort non pas, dit il, de l'affaire,
Taisés-vous, où ie vais me taire;
A ces mots vn chacun se teut
Et puis il parla comme il pût;
En verité, Dieu me pardonne,
Ie ne veux offencer personne,

Mais vous eſtes bien de loiſir
D'eſtre venu ſi loing choiſir
Le lieu de voſtre Cimetiere,
Sçauez vous bien que le Saint Pere
Vous enuoye dire de ſa part
Que vous en cherchiez autre part,
Et qu'il veut qu'vn chacun cognoiſſe
Qu'il faut qu'il meure en ſa paroiſſe
Pour auoir, eſtant treſpaſſé
Vn *Requieſcat in pace*,
Ioüir de l'eternelle Gloire
N'aller point dans le Purgatoire
Et qu'à moins il s'en va d'vn mot
Vous damner tous comme vn ſabot;
  Cette raiſon ou bien quelque autre
Leur fit pourtant virer la peautre,
Et les deux Roys le lendemain
Se fraperent dedans la main;
L'Eſpagnol tira ſa guenille
Vers le Climat de la Caſtille;
En France reuint le François,
Et ainſi finit le procez;
  Caſal prés d'eſtre mis en poudre
Fut déliuré de cette foudre;
Et Mazarin qui par hazard
Sembloit auoir eu quelque part
A cette belle déliurance,
Priſt ſon vol deuers noſtre France;
Noſtre Roy treiziéme du Nom,
Iuſte d'effet comme de nom,
En memoire de cette affaire,
Luy fiſt touſiours ſi bonne chere,
Qu'il le tint à pain & à pot,
Voila qui n'eſtoit point trop ſot;

Mazarin

Mazarin qui passe pour homme
Le plus rusé qui soit dans Rome,
Se voyant dans vn si beau train
Ne voulut plus mettre de frain,
Ny de bornes à sa fortune,
Parce qu'elle estoit trop commune,
Pour la pousser iusques au bout;
Richelieu qui gouuernoit tout
Luy sembla propre & necessaire
Pour bien auancer cette affaire,
De vray point il ne se trompoit,
Car ce Cardinal tel estoit
Qu'il pouuoit sans sortir de chaise
Mettre vn homme fort à son aise;
Il fit tant qu'il gagna son cœur,
Soit par adresse ou par bon-heur
Richelieu en fist quelque estime,
Et creut qu'il le pouuoit sans crime
Admettre dans le Cabinet,
Mais il ne fit pas bœure net;
Mazarin sans crainte du chaud,
Se voyant esleué si haut
Par le moyen de ce grand homme,
Mesprisa son retour à Rome,
Ne croyant pas dedans le lieu
Trouuer vn autre Richelieu;
Il espera que la creance
Que ce Prelat auoit en France,
Et la faueur de nostre Roy,
Feroient encor ie ne sçay quoy
Pour passer à vn autre estage;
Il ne manqua point de courage,
Et fit si bien le bon valet
Aupres du Maistre & du valet;

I'etens le Roy par le mot Maiſtre,
On tout du moins qui deuoit l'eſtre,
Par valet i'entens Richelieu,
Du moins il en tenoit le lieu,
Mais maintenant n'eſt ma penſée
De demeſler cette fuſée;
Tant eſt qu'il beſogna ſi bien
Qu'il ſe gagna en moins de rien
La faueur de noſtre Monarque,
Qui ne le laiſſa pas ſans marque
De cette amitié fort long temps,
Il le fit monter tout content
Deſſus vne belle EMINENCE
D'où il voyoit preſque la France
Toute miſe au deſſous de ſoy,
Ce fut de là qu'il dit morgoy,
Ie n'ay, dis-je, plus rien à craindre,
L'on ne me ſçauroit plus atteindre;
Puiſque ie ſuis logé ſi haut
Ie pourray voler comme il faut,
Et ſi ie veux groſſir mes ailes,
Ou bien en faire de nouuelles.
Il eut raiſon, car Richelieu
Fit voyage vers le bon Dieu,
D'où il n'eſt reuenu encore;
Le feu Roy que la France adore
Voyant qu'il ne reuenoit point
S'eſchauffa tant en ſon pourpoint
Qu'il voulut aller voir luy meſme
Ce qu'il faiſoit, mais tout de meſme,
Il s'y eſt trouué ſi content
Que depuis ce temps on l'attend,
Mais on aura loiſir d'attendre
Si l'on veut l'attendre à deſcendre;

Richelieu auant ſon depart,
Soit à deſſein ou par mégard,
Ou par vn coup de Politique
Que chacun à ſon ſens explique,
Diſt au Roy luy diſant adieu
Que Mazarin tiendroit ſon lieu:
A quoy s'accorda noſtre Sire
Qui ne voulut pas le deſdire,
Et bien dauantage en partant
Le Roy en ordonna autant
A ſon Conſeil & à ſa femme,
Ce qu'elle fit la bonne Dame;
Maintes gens n'eſtoient pas d'aduis
Que ces aduis fuſſent ſuiuis,
Mais tous y perdirent leur peine,
Car noſtre charitable Reine
Luy leua la queuë ſi fort
Que ſon party fut le plus fort:
Mazarin ſe voyant Miniſtre,
Sur ſa teſte Chapeau & Mitre,
Et les plus hupés de la Cour,
S'en venir luy faire la cour
Il ſe mocquoit ſous l'habit rouge
Comme vn coq d'Inde entre ſes gouges,
On ne iuroit plus que par luy,
Ceux qui l'alloient trouuer chez luy
Le traittoient d'Eminentiſſime,
Quoy qu'il fuſt ignorantiſſime
Au meſtier où mis on l'auoit,
Car oſtez les jeux qu'il ſçauoit
Du Hoc & du Trente & quarante,
L'art de faire chere courante,
Porter des glands à ſon rabat,
Il n'euſt pas tiré le rabat

Dans vne partie de Mazettes,
Si l'on s'en rapporte aux Gazettes
Qui en ce temps couroient de luy
Et courent encore aujourd'huy;
Il fut pourtant le galand homme;
Qui fut de tous mestiers à Rome,
Placé au feste de l'Estat
Pour y trencher du Potentat;
Car oyseau de mauuaise augure
Qui ne voloit qu'à l'auenture
S'est perché au Palais Royal,
D'où il vole le desloyal
De tous costez comme il s'aduise,
Et fait son nid dedans Venise:
Mais il a pris trop haut son vol
Pour ne se pas casser le col,
L'esclat de la viue lumiere
D'où il approche sa paupiere,
Comme vn hibou l'aueuglera,
Les forts rayons que lancera
Cette authorité Souueraine,
Dont il s'attribuë le domaine
Le feront tresbucher en bas;
Ses ailes qui ne fondent pas;
En reuanche sont fort brillantes;
Les bluettes estincelantes
Qui sortent de ce lourd metal,
Ont ja esbloüy ce brutal.
Le seul enleuement d'vn Prince
Osé par vn homme si mince;
Appuyé sur l'authorité
D'vn Roy dans sa Minorité,
Est vn argument sans rubrique;
Mais il a poussé sa bourrique

Depuis le temps de plus en plus
Si auant qu'elle n'en peut plus;
Il ne bat plus rien que d'vne aile,
Il est estourdy il chancele:
Qui vit iamais quand il fait beau
Vn heron battu de l'oiseau,
Dont il veut éuiter l'atteinte,
A veu Mazarin plain de crainte,
Conniuer de peur de l'eschec
Que luy peut faire vn coup de bec;
C'est en vain qu'il prend tant de peine
Pour se sauuer la poche est pleine,
Il sautera cela est net,
I'y parirois bien mon bonnet;
Il ne faut point estre Astrologue
Pour faire ainsi son epilogue;
Qui peut douter que nostre Roy,
Bien informé comme ie croy
Ne le chasse en peteur d'Eglise,
Qui croit autrement fait sottise:
  Mais quand il aura fait le saut,
Qu'il sera tombé de si haut,
Que pensez-vous lors qu'il deuienne,
Esperez vous qu'il se retienne
De se pendre apres ce mal-heur,
Non, il est trop homme de cœur
Pour refuser vne potence
A la fin de sa decadence.
  Mais apres qu'il sera pendu,
Que quelqu'vn luy aura rendu
Par charité ce bon seruice,
Si luy mesme n'en fait l'office,
Car cette sorte de trespas
Sans doute ne luy faudra pas,

Là-dessus deux mots d'audiance,
Restera-t'il à la potence
Pour estre mangé des Corbeaux;
Ses yeux si charmans & si beaux,
Qui ont tant fait de gens impies,
Seront-ils becquetez des pies;
Non les Dieux pitié en auront,
Ils se metamorphoseront,
Seulement dans cette auanture
Il ne perdra que sa figure.
Comme Icare apres qu'il fut cheu
Dedans la mer, lieu où il beut
Outre sa soif, les Dieux en prirent
Vn tres grand soin, mesme ils en firent
Vn beau bocage de rozeaux,
Le plus bel ornement des eaux,
Sejour ou venoient les Nayades
Faire leurs tours de promenades,
Rendés-vous de tous les Tritons
Pour leur manier les tetons,
Et quelquesfois prendre courage
De mettre le chat au fromage;
Et comme il fut fait Macquereau
Des Nayades au fond de l'eau,
Ainsi qu'auoit esté son pere
De Minotaurus de la Mere,
Ce qui fut à mon aduis bien
Puisque de race chasse chien
Mazarin sera tout de mesme
Transformé apres la mort blesme,
Non pas en Astre radieux
Pour seruir de chandelle aux Dieux,
Non pas en Tulipe ou Lauande
Il ne faut point qu'il s'y attende,

Non plus qu'en Marjolaine ou Thim
Pour estre mis sur vn tetin,
En Lys en Oeillet ou en Roze
Narque pour sa Metamorphose;
Que sera-t'il donc Mazarin?
Vne plante de Romarin?
Elle a vn peu l'odeur trop bonne,
Que deuiendra donc sa personne?
Ah pardon, Mazarin, pardon!
Les Dieux te feront vn chardon
Pour estre sous cette figure
Des Asnes la noble pasture,
Ceux d'Auuergne, ceux de Morlais,
De Touraine & Mirabelais,
Iusques aux Mulets & aux Mules
Seront du banquet Seigneur Iules,
Et l'on dira de toy enfin,
Que telle vie telle fin.



FIN.

www.ingramcontent.com/pod-product-compliance
Ingram Content Group UK Ltd.
Pitfield, Milton Keynes, MK11 3LW, UK
UKHW012130240726
13965UKWH00005B/2079